DANS LES YEUX DE LYA

1. En quête de vérité

Scénario et dialogues : Carbone
Dessin et couleurs : Justine Cunha

DUPUIS

Merci
à ma famille de toujours croire en mon travail,
à François de supporter mon stress au quotidien et de toujours me soutenir,
à mes amis pour la motivation et l'énergie qu'ils m'apportent,
à Laurence et Stéphane pour leur confiance et leur enthousiasme dans ce projet,

Et surtout merci à Bénédicte de partager avec moi son univers.

Justine

Merci
à Mitj, Laurie, Nola et... Lya!
à Aurélie,
à tous mes soutiens au quotidien.

Merci à Laurence et la formidable équipe des éditions Dupuis
ainsi qu'à Justine pour son talent et ses dessins si inspirants!

Carbone

PREMIÈRE ÉDITION

Dépôt légal: mars 2019 – D.2019/0089/087
ISBN: 979-1-0347-3263-0

Éditions Dupuis s.a., rue Destrée 52, 6001 Marcinelle, Belgique.
Imprimé par Lesaffre, rue de la Borgnette 19, 7500 Tournai, Belgique.
Achevé d'imprimer en février 2019.

www.dupuis.com

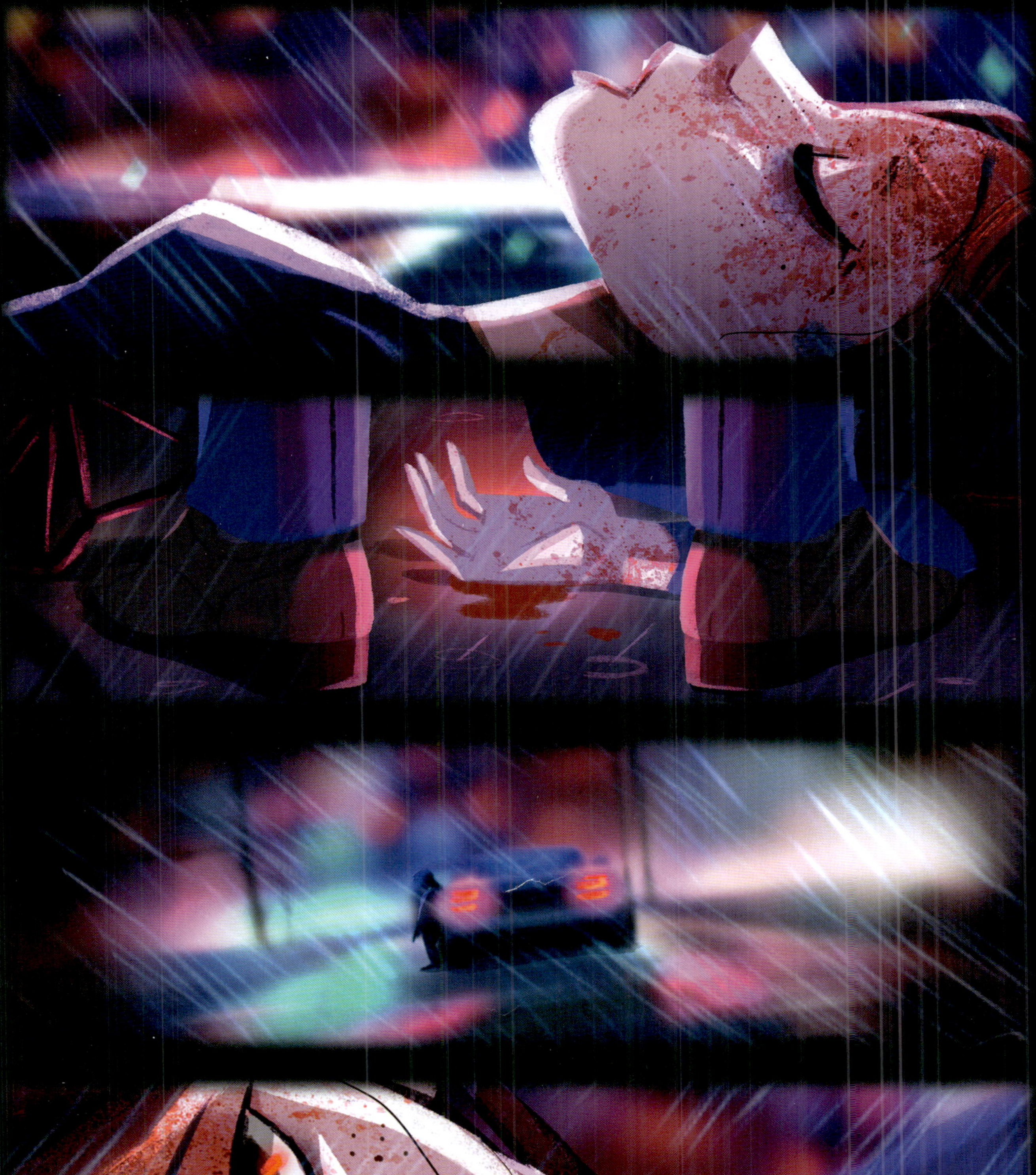

LYA ? TU VEUX LEQUEL : LE BLEU OU LE VERT ?
LYA ?
LYA, TU M'ÉCOUTES ? JE TE METS LES DEUX ?
HEIN ? OUI, OUI ! CE SERA PARFAIT !
ÇA VA ALLER AVEC ANTOINE ?
BIEN SÛR ! ARRÊTE DE T'INQUIÉTER !
DING ! DONG !
TIENS, QUAND ON PARLE DU LOUP !
BOUGE PAS : JE VAIS LUI OUVRIR !
MERCI, MAMAN !
MOI, FAUT PAS QUE J'OUBLIE...

SALUT LYA ! ALORS PRÊTE POUR LE GRAND SAUT ?
J'AI JAMAIS ÉTÉ AUSSI PRÊTE !
JE TE METS DES DRAPS AUSSI ?
PAS BESOIN ! J'AI TOUT CE QU'IL FAUT !
M'MAN, J'VAIS PAS EN AUSTRALIE NON PLUS : J'VAIS JUSTE EN CENTRE-VILLE...
PARCE QUE C'EST PLUS PRATIQUE POUR MON STAGE.
JE SAIS... C'EST JUSTE LA PREMIÈRE FOIS QUE TU T'EN VAS DEPUIS...
MON ACCIDENT !
JE SAIS, MAMAN !
ZEN ! TOUT VA BIEN SE PASSER !
EUH... TU TE SOUVIENS QUE J'AI UN DEUX-PIÈCES ?
J'AI RIEN PRIS...
QUE LE STRICT NÉCESSAIRE !
BON, ON Y VA ?
YES !
AU FAIT... Y A AUSSI ÇA À PRENDRE !

ALORS, MERDE POUR DEMAIN !
JE SUIS TELLEMENT FIÈRE DE TOI !
DÉCROCHER UN STAGE CHEZ MAÎTRE MORALTET !
TU SAIS, QUAND J'VEUX QUELQUE CHOSE...
TU L'OBTIENS TOUJOURS !
OUI, MONSIEUR. FAIS PAS TON JALOUX.
ALLEZ, ON DÉCOLLE !
PRENDS BIEN SOIN D'ELLE : JE TE LA CONFIE !
AMUSE-TOI ! SURTOUT PROFITE BIEN DE TON STAGE !
J'Y COMPTE BIEN !
SÛRE DE TOI ?
OH QUE OUI !

POURQUOI TU LUI AS RIEN DIT ?
PARCE QU'ILS NE M'ONT RIEN DIT NON PLUS !
FAUDRA P'TÊT' UN JOUR CREVER L'ABCÈS ?!
QUAND JE SAURAI LA VÉRITÉ !
ET SI TU NE TROUVES RIEN ?
JE TROUVERAI...
COMPTE SUR MOI : J'TROUVERAI.

SI MADAME VEUT BIEN SE DONNER LA PEINE D'ENTRER...
MERCI, MONSIEUR, VOUS ÊTES BIEN AIMABLE !
JE TE LAISSE MA CHAMBRE.
NON, J'PEUX DORMIR SUR LE CANAPÉ !
OUAIS, QU'EST-CE QUE JE FERAIS PAS POUR TOI !
PAS DE DISCUSSION : ICI, C'EST MOI QUI DÉCIDE !
CHEF, OUI CHEF !
T'AS MÊME CHANGÉ LES DRAPS !
TU SAIS QUE J'T'ADORE ?
FAIS COMME CHEZ TOI, PRINCESSE !
MERCI !
ALORS ON BOIT QUOI ?
CHAMPAGNE !

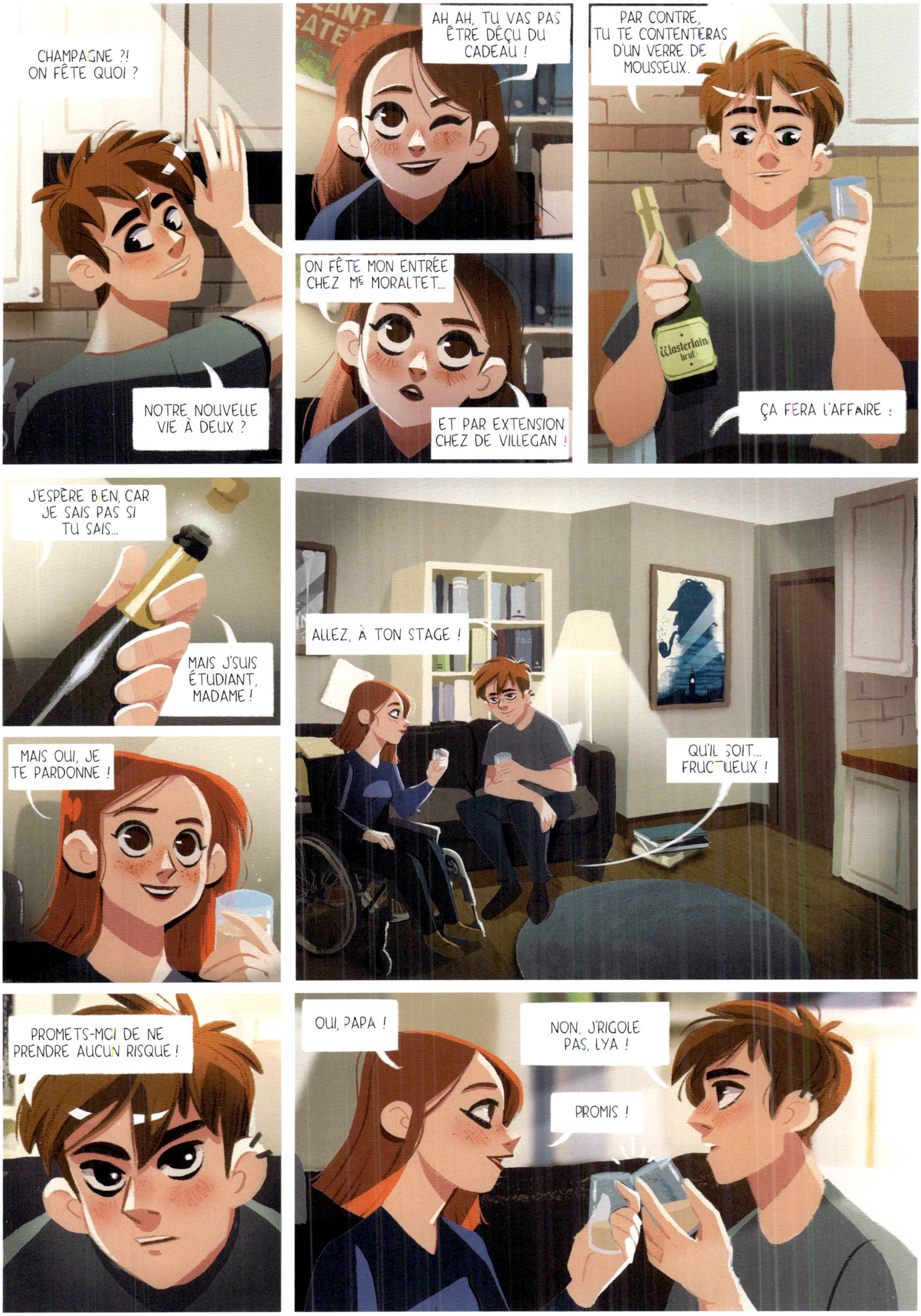
CHAMPAGNE ?! ON FÊTE QUOI ?
NOTRE NOUVELLE VIE À DEUX ?
AH AH, TU VAS PAS ÊTRE DÉÇU DU CADEAU !
ON FÊTE MON ENTRÉE CHEZ Me MORALTET...
ET PAR EXTENSION CHEZ DE VILLEGAN !
PAR CONTRE, TU TE CONTENTERAS D'UN VERRE DE MOUSSEUX.
Wasterlain brut
ÇA FERA L'AFFAIRE !
J'ESPÈRE BIEN, CAR JE SAIS PAS SI TU SAIS...
MAIS J'SUIS ÉTUDIANT, MADAME !
MAIS OUI, JE TE PARDONNE !
ALLEZ, À TON STAGE !
QU'IL SOIT... FRUCTUEUX !
PROMETS-MOI DE NE PRENDRE AUCUN RISQUE !
OUI, PAPA !
NON, J'RIGOLE PAS, LYA !
PROMIS !

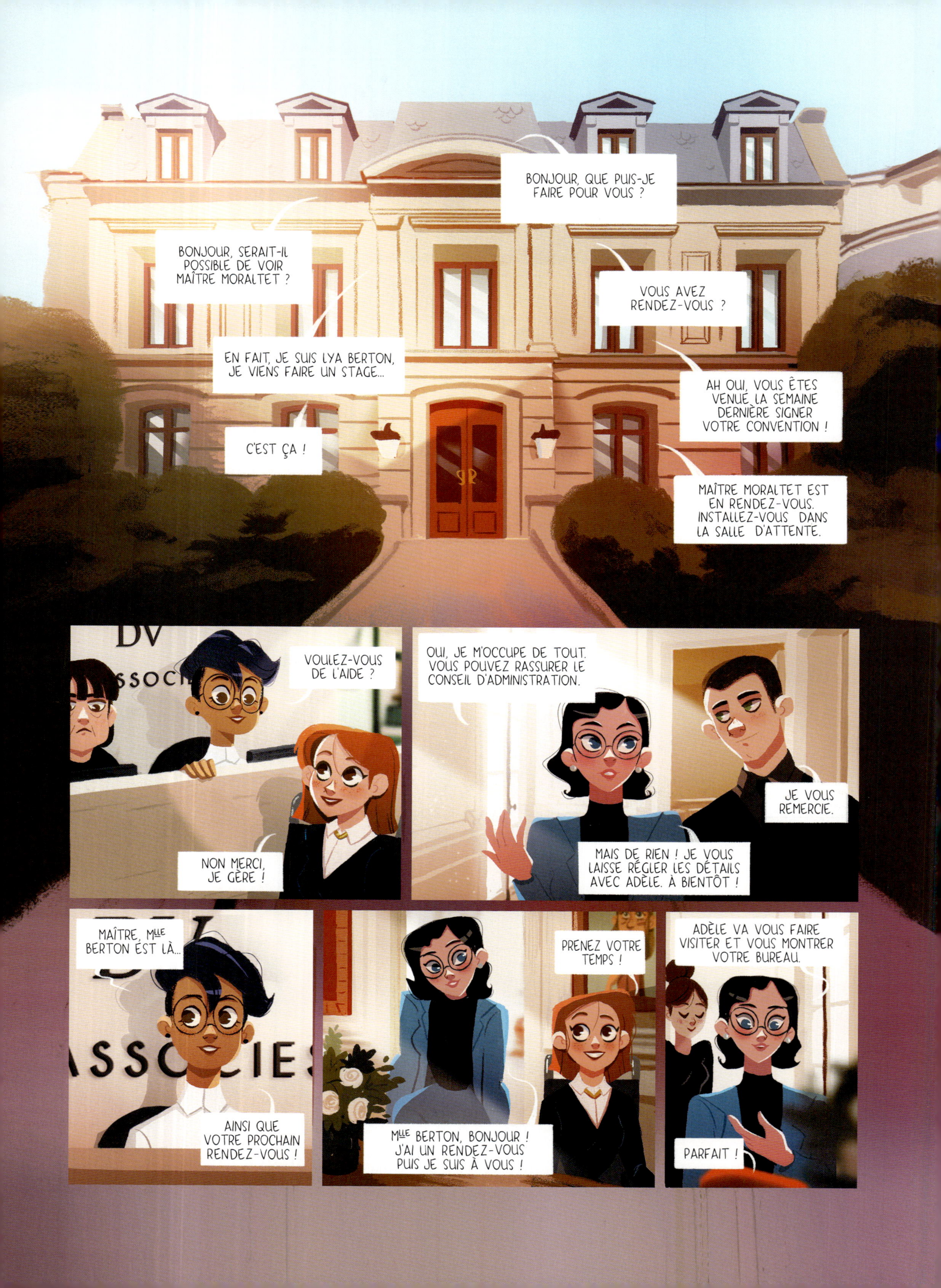

BONJOUR, QUE PUIS-JE FAIRE POUR VOUS ?
BONJOUR, SERAIT-IL POSSIBLE DE VOIR MAÎTRE MORALTET ?
VOUS AVEZ RENDEZ-VOUS ?
EN FAIT, JE SUIS LYA BERTON, JE VIENS FAIRE UN STAGE...
AH OUI, VOUS ÊTES VENUE LA SEMAINE DERNIÈRE SIGNER VOTRE CONVENTION !
C'EST ÇA !
MAÎTRE MORALTET EST EN RENDEZ-VOUS. INSTALLEZ-VOUS DANS LA SALLE D'ATTENTE.
VOULEZ-VOUS DE L'AIDE ?
NON MERCI, JE GÈRE !
OUI, JE M'OCCUPE DE TOUT. VOUS POUVEZ RASSURER LE CONSEIL D'ADMINISTRATION.
JE VOUS REMERCIE.
MAIS DE RIEN ! JE VOUS LAISSE RÉGLER LES DÉTAILS AVEC ADÈLE. À BIENTÔT !
MAÎTRE, Mlle BERTON EST LÀ...
AINSI QUE VOTRE PROCHAIN RENDEZ-VOUS !
PRENEZ VOTRE TEMPS !
Mlle BERTON, BONJOUR ! J'AI UN RENDEZ-VOUS PUIS JE SUIS À VOUS !
ADÈLE VA VOUS FAIRE VISITER ET VOUS MONTRER VOTRE BUREAU.
PARFAIT !

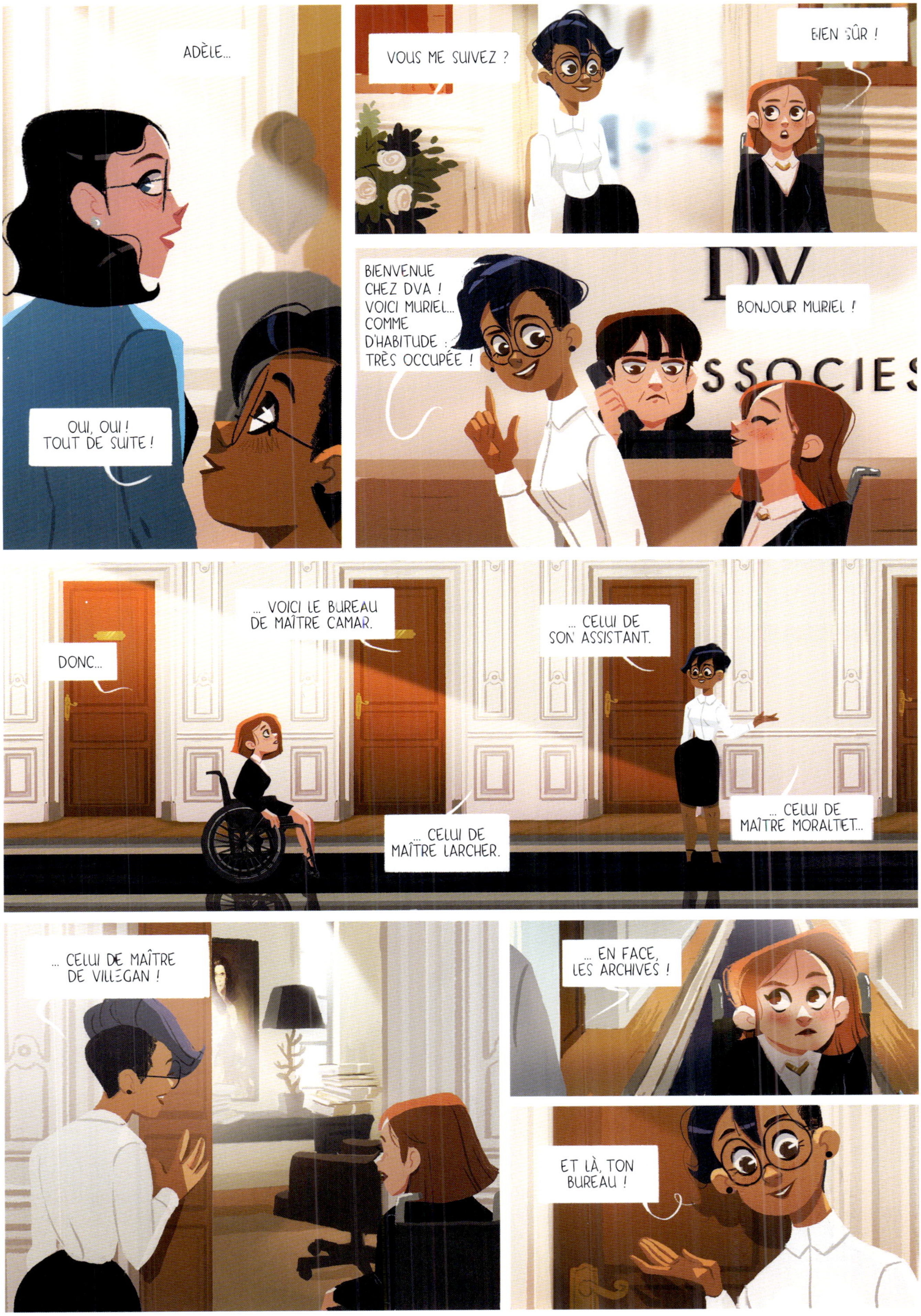
ADÈLE...
OUI, OUI ! TOUT DE SUITE !
VOUS ME SUIVEZ ?
BIEN SÛR !
BIENVENUE CHEZ DVA ! VOICI MURIEL... COMME D'HABITUDE : TRÈS OCCUPÉE !
BONJOUR MURIEL !
DONC...
... VOICI LE BUREAU DE MAÎTRE CAMAR.
... CELUI DE MAÎTRE LARCHER.
... CELUI DE SON ASSISTANT.
... CELUI DE MAÎTRE MORALTET...
... CELUI DE MAÎTRE DE VILLEGAN !
... EN FACE, LES ARCHIVES !
ET LÀ, TON BUREAU !

DÉSOLÉE... VOTRE BUREAU !
OH NON, PAS DE SOUCI, TU PEUX ME TUTOYER ET...
... M'APPELER LYA !
JE NE M'ATTENDAIS PAS À AVOIR UN BUREAU POUR MOI TOUTE SEULE !
MAÎTRE MORALTET A INSISTÉ !
JE SUIS GÂTÉE !? BON, LE FAUTEUIL DOIT AIDER !
PAR CONTRE, JE N'AURAI PAS BESOIN DE CELUI-CI.
OUPS, DÉSOLÉE !
NE LE SOIS PAS : J'AI L'HABITUDE !
ÇA IRA ?
OUI, C'EST PARFAIT !
JE TE LAISSE ! SI TU AS BESOIN DE QUOI QUE CE SOIT : TAPE #5 ! ADÈLE À TON SERVICE !
OK !
VOILÀ, ON Y EST !
MAINTENANT...
À MOI DE JOUER !

OH LÀ ! PAS BESOIN DE S'ÉNERVER !
C'EST FERMÉ À CLÉ !
AH...
MAIS VOUS CHERCHEZ ?
LES... TOILETTES !
C'EST PAR LÀ, MADEMOISELLE...
LYA !
JE SUIS LA STAGIAIRE DE Me MORALET !
ENCHANTÉ, LYA ! MOI, C'EST CLÉMENT.
JE NE VEUX PAS ME MONTRER IMPOLI, MAIS ON NE FAIT PAS ATTENDRE MAÎTRE DE VILLEGAN !
CHARMANTE, LA NOUVELLE STAGIAIRE !
LYA, NE SOIS PAS SI PRESSÉE !
TU AS DIX SEMAINES...
... POUR TROUVER COMMENT ENTRER AUX ARCHIVES !
EN ATTENDANT, AU BOULOT !

QUELQUES HEURES PLUS TARD...

CHEZ FERN
TU TRAVAILLES DEPUIS LONGTEMPS AU CABINET ?
ASSEZ POUR Y CONNAÎTRE TOUT LE MONDE !
ET ALORS, IL EST VRAIMENT À LA HAUTEUR DE SA RÉPUTATION ?
J'EN SAIS RIEN ! EN TOUT CAS, SI T'AS DE L'ARGENT ET DES SOUCIS AVEC LA JUSTICE, C'EST L'ADRESSE IDÉALE !
OUI. ON DIRAIT QUE MAÎTRE DE VILLEGAN EST L'HOMME DE LA SITUATION.
AVEC L'AFFAIRE LIBREXPRESS ?
ON LE VOIT PARTOUT EN CE MOMENT !
ENTRE AUTRES ! C'EST LA GROSSE AFFAIRE DE L'ANNÉE !
ET DONC CLÉMENT EST SON ASSISTANT ?
OUI !
PAS MÉCHANT... C'EST JUSTE LE TOUTOU DU PATRON !
OUPS, J'AURAIS PAS DÛ ! JE PARLE TROP !
T'INQUIÈTE, JE SUIS UNE TOMBE !
EXCUSE-MOI, JE PEUX ME MONTRER INDISCRÈTE ?
OUI !
NON, MAIS T'ES PAS OBLIGÉE DE RÉPONDRE !
QU'EST-CE QUI T'EST ARRIVÉ ?
PAS DE SOUCI ! J'AI EU... UN ACCIDENT.
MOI, J'AI MON FRÈRE QUI EST HANDICAPÉ MOTEUR SUITE À UNE MALADIE.
ÇA FAIT DU BIEN DE VOIR QUE ÇA T'EMPÊCHE PAS DE VIVRE !

C'EST PAS VRAIMENT LA VIE DONT JE RÊVAIS PETITE...
MAIS MON ACCIDENT ME MOTIVE PLUS CHAQUE JOUR...
À CHERCHER LA VÉRITÉ !
J'AIMERAIS QUE MON FRÈRE AIT LA MÊME FORCE DE CARACTÈRE QUE TOI !
JE SUPPOSE QU'ON EST...
... TOUS DIFFÉRENTS !
MESDEMOISELLES, TOUT S'EST BIEN PASSÉ ?
DÉSIREZ-VOUS UN DESSERT ?
UN CAFÉ ?
HEU, IL FAUDRAIT PEUT-ÊTRE Y ALLER ?
13H02
OH ZUT, ON PAPOTE, ON PAPOTE MAIS L'HEURE TOURNE !
FAUDRAIT ACCÉLÉRER UN PEU, CAR CHEZ DV ASSOCIÉS ON NE RIGOLE PAS AVEC LES HORAIRES !
PAS DE PROBLÈME, JE TE SUIS !

MAIS QU'EST-CE QUE C'EST QUE CE TRAVAIL ! CE N'EST PAS CE DOSSIER QUE J'AI DEMANDÉ ! QUE VEUX-TU QUE JE FASSE DE ÇA !?
C'EST PAS POSSIBLE ! FAUT-IL QUE J'Y AILLE MOI-MÊME ?
?!
?!
JE SUIS NAVRÉ, MAÎTRE !
IL SE PASSE QUOI LÀ ?
CE QU'IL SE PASSE ? VOUS VOULEZ VRAIMENT LE SAVOIR, MADEMOISELLE ?
IL SE PASSE QUE JE N'AI QU'UNE BANDE D'INCAPABLES À MON SERVICE !
ENFIN MARTIN ! ON T'ENTEND À L'AUTRE BOUT DU CABINET !
CALME-TOI !
ME CALMER ?
FAUT-IL QUE JE TE RAPPELLE LES ENJEUX... TOUS LES ENJEUX DE CETTE AFFAIRE ?
NON, NUL BESOIN !

CLÉMENT, TROUVE-MOI CE DOSSIER AVANT QUE...
MOI, JE VAIS ESSAYER DE CALMER VON DITER !!
OUI, MAÎTRE !
BIENVENUE CHEZ DV ASSOCIÉS !
N'EXAGÉREZ PAS, ADÈLE !
ALLEZ, CLÉMENT, DESCENDEZ AUX ARCHIVES !
OUI, PARDON, MAÎTRE !
JE VOUS LAISSE...
JE RETOURNE À MES DOSSIERS !
PAS DE SOUCI !

ATTENDS, CLÉMENT, TU VEUX UN COUP DE MAIN ?
DONNE-MOI TON DOSSIER.
DIS, IL EST TOUJOURS COMME ÇA ?
OH ! LÀ, C'EST RIEN ! IL EST DANS SES BONS JOURS !
TU VEUX QUE JE T'AIDE À CHERCHER ?
C'EST GENTIL...
MAIS ÇA VA ÊTRE COMPLIQUÉ !
EN EFFET !
ET MERDE !
MAIS MERCI QUAND MÊME !
J'AI PLUS QU'À RETOURNER DANS MON BUREAU...
... ET TROUVER LE MOYEN D'ACCÉDER À CES FOUTUES ARCHIVES !
RIEN NE M'EMPÊCHERA DE TROUVER LE DOSSIER 2015/78 DV !

LE SOIR...

ALORS QU'EST-CE QUE TU VAS FAIRE ?
JE SAIS PAS ENCORE !
J'Y RÉFLÉCHIS !
INUTILE D'ESSAYER DE TE DISSUADER ?
TU COMMENCES À ME CONNAÎTRE !
DANS CE DOSSIER, IL Y A LE NOM DE CET ENFOIRÉ... TU SAIS, CELUI QUI M'A LAISSÉE POUR MORTE AU BORD DE LA ROUTE !
CELUI QUI MARCHE SUR SES DEUX JAMBES... ALORS QUE JE SUIS COINCÉE LÀ !!
OUI, JE SAIS. COMMENT TES PARENTS ONT PU TE CACHER ÇA ?
ILS ONT ACHETÉ MES PARENTS, MAIS J'VEUX SON NOM !
ET QU'IL PAYE POUR CE QU'IL M'A FAIT...
JE CROIS QUE CE QUI LEUR IMPORTAIT LE PLUS, C'ÉTAIT QUE JE SOIS EN VIE...
ON LEUR A DONNÉ ASSEZ POUR QUE JE RENTRE AU CENTRE DE BELFONT, QUE MAMAN PUISSE SE METTRE EN DISPO... QU'ILS PUISSENT AMÉNAGER L'APPARTEMENT ! JE LEUR EN VEUX PAS ! JE SAIS QU'ILS M'AIMENT...
ILS ONT FAIT CE QU'ILS PENSAIENT ÊTRE LE MIEUX POUR MOI. ET JE L'AURAIS JAMAIS SU SI J'ÉTAIS PAS TOMBÉE SUR LE COURRIER DE MAÎTRE DE VILLEGAN DANS LE BUREAU DE PAPA...
ILS DISENT QU'ILS NE SAVENT PAS QUI C'EST...
PEUT-ÊTRE, MAIS ON LES A CLAIREMENT ACHETÉS !
T'INQUIÈTE, UN JOUR J'AURAI UNE VRAIE DISCUSSION AVEC MES PARENTS !
MAIS JE CROIS QU'ILS N'ONT PAS EU LE CHOIX...
PARCE QUE, QUEL QU'IL SOIT, LUI OU ELLE DOIT AVOIR LE BRAS LONG...

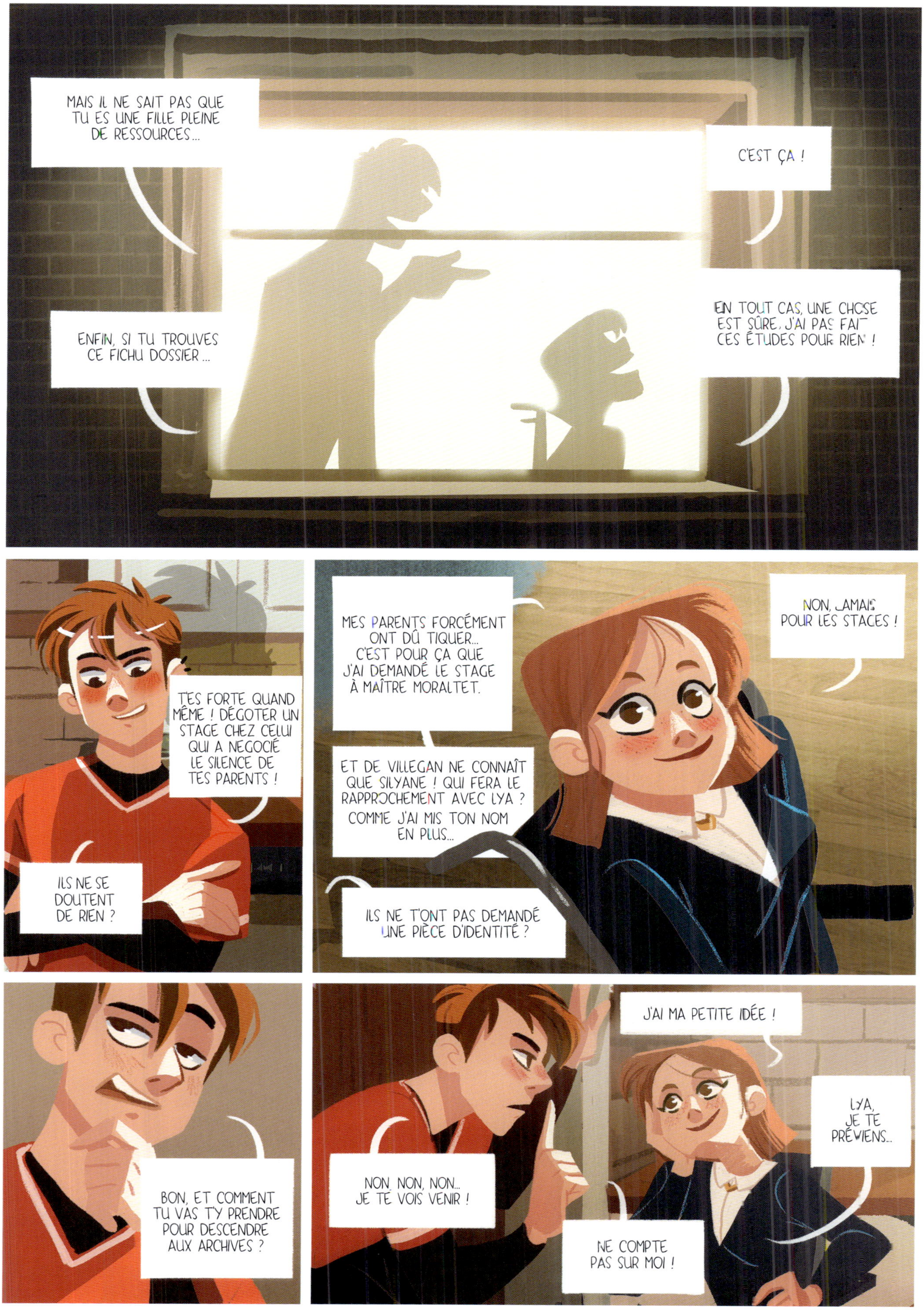
MAIS IL NE SAIT PAS QUE TU ES UNE FILLE PLEINE DE RESSOURCES...
C'EST ÇA !
ENFIN, SI TU TROUVES CE FICHU DOSSIER...
EN TOUT CAS, UNE CHOSE EST SÛRE, J'AI PAS FAIT CES ÉTUDES POUR RIEN !
T'ES FORTE QUAND MÊME ! DÉGOTER UN STAGE CHEZ CELUI QUI A NÉGOCIÉ LE SILENCE DE TES PARENTS !
MES PARENTS FORCÉMENT ONT DÛ TIQUER... C'EST POUR ÇA QUE J'AI DEMANDÉ LE STAGE À MAÎTRE MORALTET.
ET DE VILLEGAN NE CONNAÎT QUE SILYANE ! QUI FERA LE RAPPROCHEMENT AVEC LYA ?
COMME J'AI MIS TON NOM EN PLUS...
ILS NE SE DOUTENT DE RIEN ?
ILS NE T'ONT PAS DEMANDÉ UNE PIÈCE D'IDENTITÉ ?
NON, JAMAIS POUR LES STAGES !
BON, ET COMMENT TU VAS T'Y PRENDRE POUR DESCENDRE AUX ARCHIVES ?
J'AI MA PETITE IDÉE !
NON, NON, NON... JE TE VOIS VENIR !
LYA, JE TE PRÉVIENS...
NE COMPTE PAS SUR MOI !

QUELQUES JOURS PLUS TARD...

À NOUS DEUX, LA CLIM !
ANTOINE
Tiens-toi prêt !
ANTOINE
Tiens-toi prêt !
qu'est-ce que tu me fais pas faire! je vais finir au poste
SACRÉ ANTOINE ! MAIS NON, TOUT VA BIEN SE PASSER !
PFFF ! IL COMMENCE À FAIRE CHAUD ! PARFAIT !
MAINTENANT ORDRE ET MÉTHODE !
MAÎTRE MORALTET, EXCUSEZ-MOI DE VOUS DÉRANGER...
JUSTE POUR VOUS DIRE QUE J'AI TERMINÉ LE DOSSIER GOMEZ.
ET IL Y A UN SOUCI AVEC LA CLIM... OUI, JE VOIS AVEC ADÈLE... OUI, JE M'EN OCCUPE !
ANTOINE
qu'est-ce que tu me fais pas faire! je vais finir au poste
Dans 30 min <3
SI TOUT VA BIEN, DANS UNE HEURE JE CONNAÎTRAI LE NOM DE MON AGRESSEUR !
ALLEZ, ON SE CONCENTRE !
... ENFIN, ON ESSAYE !
RESPIRE, ON Y EST !
TOC! TOC!

LYA, EXCUSE-MOI, C'EST TOI QUI AS UN PROBLÈME AVEC LA CLIM ?
AH OUI, DIS DONC !?
VOICI LE RÉPARATEUR !
OUI, MAÎTRE MORALTET EST AU COURANT !
C'EST TOI QUI L'AS APPELÉ ?
JE NE VOULAIS PAS TE DÉRANGER. J'AI TROUVÉ LE NUMÉRO SUR LA TÉLÉCOMMANDE.
OUI. ON DIRAIT BIEN QU'IL Y A UN SOUCI !
AVEZ-VOUS LA TÉLÉCOMMANDE S'IL VOUS PLAÎT ?
ADÈLE ? ADÈLE ?!
BON, JE VOUS LAISSE, MAIS SI VOUS AVEZ BESOIN DE QUOI QUE CE SOIT, N'HÉSITEZ PAS !
FERME LA PORTE !
J'AI CRU QU'ELLE ALLAIT RESTER LÀ... ET TE SAUTER DESSUS !
JE SUIS IRRÉSISTIBLE QUE VEUX-TU !

C'EST VRAI QUE T'ES PAS MAL COMME ÇA ! LE BLEU TE VA BIEN !
TRÊVE DE PLAISANTERIE !
VOICI LES CLÉS !
POUR OUVRIR, C'EST CELLE-CI
DONC TU DESCENDS AUX ARCHIVES... ET TU CHERCHES LE DOSSIER 2015/78 DV !
OUI, J'AI BIEN COMPRIS : JE ME DÉMERDE !
LÀ, C'EST LA DEUXIÈME PORTE À DROITE, OK ?
GLOBALEMENT TU AS SAISI LE TRUC !
VAS-Y, Y A PERSONNE !
VITE ! POURQUOI ÇA S'OUVRE PAS ?
POURQUOI J'ME SUIS ENCORE LAISSÉ ENTRAÎNER LÀ-DEDANS ?
YA, TE DÉTESTE !

EUH... JE COMMENCE PAR OÙ ?
COMMENT FONCTIONNE LEUR CLASSEMENT ?
OK !
C'EST BIEN CE QUE JE PENSAIS !
DV 015-42
JE SUIS AU BON ENDROIT...
52...61...68...71...74...75... ON APPROCHE !
BINGO !
NON, J'VEUX LE 2015/78 DV !
... ET CELUI D'APRÈS, C'EST LE 79 !
MERDE !

J'AI DÛ LE RATER !
IL EST FORCÉMENT QUELQUE PART !
PAR ICI ?
PAR LÀ ?
S'IL ÉTAIT CLASSÉ AILLEURS ?
... AILLEURS QU'ICI ?!
DÉSOLÉ LYA, TON DOSSIER N'EST PAS LÀ !
ZUT, Y A DU MONDE DANS LE COULOIR !
MANQUAIT PLUS QUE ÇA !
PLUS DE BRUIT...
HEU...
AH ! MAIS QUE FAITES-VOUS LÀ ?

…JE CHERCHAIS LES COMPRESSEURS !
JE CROYAIS QUE L'ACCÈS SE FAISAIT PAR ICI !
ET LA PORTE ÉTAIT OUVERTE ?
OUI ! SINON JE N'AURAIS PAS PU ENTRER !
OUI, JE ME DOUTE !
BIZARRE… NORMALEMENT C'EST FERMÉ À CLÉ !
EN TOUT CAS, CE QUE VOUS CHERCHEZ N'EST PAS LÀ !
MERCI, JE VAIS M'OCCUPER DU SPLIT ET SI J'AI BESOIN, J'APPELLERAI MES COLLÈGUES.
EXCUSEZ-MOI, JE DOIS VÉRIFIER LE SPLIT !

ICI TOUT EST EN ORDRE !
C'ÉTAIT JUSTE UN PROBLÈME DE PILE !
VOYONS CETTE TÉLÉCOMMANDE...
AH, C'EST BIEN CE QUE JE PENSAIS...
VOILÀ, MAINTENANT TOUT VA FONCTIONNER CORRECTEMENT !
NAVRÉE DE VOUS AVOIR FAIT DÉPLACER POUR SI PEU !
AUCUN PROBLÈME. C'EST MON TRAVAIL !
ALLEZ, AU REVOIR !
EN TOUT CAS, REVENEZ QUAND VOUS VOULEZ !
HII ! IL EST TROP BEAU ! J'AURAIS DÛ LUI DEMANDER SON NUMÉRO !
COURS-LUI DERRIÈRE ! J'AI DU BOULOT !
POURVU QU'ANTOINE AIT LE DOSSIER !
IL VA FALLOIR QUE JE PATIENTE JUSQU'À CE SOIR...

QU'EST-CE QUE T'AS FOUTU ?
PAS FICHU DE TROUVER UN DOSSIER ?
SYMPA, L'ACCUEIL !
QU'EST-CE QUE J'AI FOUTU ? BEN RIEN !
FIGURE-TOI QUE J'AI CHERCHÉ PARTOUT !
MAIS AUCUNE TRACE DE TON DOSSIER !
T'ES SÛR ?
OUI MADAME ! J'AI VU LE 77, LE 79…
… MAIS LE 78 N'EST PAS EN BAS ! ET J'Y RETOURNERAI PAS, COMPRIS ?
OUI, OUI… EXCUSE-MOI, J'AVAIS TELLEMENT D'ESPOIR…
JE SAIS, LYA ! ET T'AS VU COMMENT J'AI FAIT CRAQUER LA SECRÉTAIRE ?
TIENS D'AILLEURS, RÉCUPÈRE LES CLÉS !
MERCI ! OUI, ADÈLE N'A PAS ARRÊTÉ DE ME PARLER DU BEAU DÉPANNEUR !
LES CLÉS, JE ME DÉBROUILLERAI POUR LES RENDRE DEMAIN À CLÉMENT L'AIR DE RIEN.
ENFIN, J'AIMERAIS SAVOIR OÙ EST CE DOSSIER ! IL DOIT BIEN Y AVOIR UNE TRACE QUELQUE PART !
T'ATTENDS QUELQU'UN ?
TOC TOC !
AH AH… AVEC TOI, ÇA ME SUFFIT !
ÇA DOIT ÊTRE LE VOISIN.

OUPS !
EXCUSEZ-MOI, JE NE SUIS PAS CHEZ LYA ?
ADÈLE ? QU'EST-CE QUE TU FAIS LÀ ?
J'AI TROUVÉ TON ADRESSE DANS TON DOSSIER. T'AS OUBLIÉ TON SAC AU CABINET...
JE ME SUIS PERMISE... J'AI EU PEUR QUE TU LE CHERCHES !
JE NE M'EN SUIS PAS APERÇUE. J'AVAIS MES CLÉS DANS MA POCHE !
EN TOUT CAS, MERCI BEAUCOUP !
AU FAIT, JE TE PRÉSENTE...
ANTOINE !
MONSIEUR LE RÉPARATEUR !
TU VEUX BOIRE QUELQUE CHOSE ?
NON MERCI, JE VAIS VOUS LAISSER...
JE NE VOUDRAIS SURTOUT PAS DÉRANGER !

T'AS ÉTÉ PLUS MALIGNE QUE MOI ! T'AS EU SON NUMÉRO.
C'EST ÇA !
BONNE SOIRÉE !
SALUT !
À DEMAIN !
ÇA Y EST, C'EST MORT !
ON EST GRILLÉS !
MAIS NON ! ELLE A CRU QUE TU M'AVAIS INVITÉ À BOIRE UN COUP !
TU PARLES !
QU'EST-CE QU'IL A, MON APPART ?
RIEN QU'À VOIR TON APPART...

IL EST PAS TROP FÉMININ !
J'SUIS SÛRE QU'ELLE A CAPTÉ !
ET Y A QUOI SUR TA BOÎTE AUX LETTRES ? ET SUR LA SONNETTE ?
JUSTE TON NOM OU LA TOTALE ?
J'ME SOUVIENS PLUS.
PUIS ELLE A PEUT-ÊTRE PAS REGARDÉ !
BIEN SÛR QU'ELLE A REGARDÉ ! COMMENT VOULAIS-TU QU'ELLE TROUVE L'ÉTAGE !
ET APRÈS ?
DE TOUTE FAÇON, ELLE SAIT PAS COMMENT JE M'APPELLE !
ANTOINE ! Y'EN A PLEIN DES ANTOINE !
ÇA POURRAIT TRÈS BIEN ÊTRE L'APPART DE TON PÈRE, DE TON FRÈRE OU DE TON ONCLE !
OUI, T'AS RAISON ! SI ELLE ME POSE DES QUESTIONS, JE DIRAI ÇA...
EN ESPÉRANT...
QUOI ?
QU'ELLE AIT PAS FOUILLÉ DANS MON SAC !
NI VU LES CLÉS DE CLÉMENT !
ÇA VA, A PRIORI RIEN DE COMPROMETTANT DEDANS !
POURVU QUE J'AIE PAS TOUT GÂCHÉ EN OUBLIANT CE FOUTU SAC !
MAIS NON, ARRÊTE DE STRESSER ! J'SUIS SÛR QU'ELLE A RIEN CAPTÉ !

ELLE A PAS PERDU DE TEMPS !
ELLE A DÛ BIEN S'MARRER QUAND J'AI DIT QU'IL ÉTAIT CRAQUANT !
ENFIN ILS AVAIENT L'AIR DE BIEN SE CONNAÎTRE QUAND MÊME...
ON N'AURAIT PAS DIT QU'UNE FILLE VIVAIT LÀ !
J'AI PAS FAIT GAFFE TOUT À L'HEURE...
ATTENDS QUE JE REGARDE...
A COMME ANTOINE ?
A. BERTON
BONJOUR MADEMOISELLE !
BONJOUR MADAME !
EXCUSEZ-MOI, JE CHERCHE L'APPARTEMENT D'ANTOINE ?
ANTOINE BERTON ? IL EST AU DEUXIÈME, JE CROIS...
MERCI !
AVEC PLAISIR !

COMME PAR HASARD, LYA EST DANS L'APPART D'UN ANTOINE ?
COMME LE DÉPANNEUR !
JE SAIS PAS CE QUI SE PASSE...
MAIS LYA EST PAS NETTE !
SÛRE! Y A UN TRUC LOUCHE AVEC CE MEC !
CE SERAIT SON FRÈRE ?
MAIS QU'EST-CE QU'IL FOUTAIT AU CABINET ?
POURQUOI ELLE L'A PAS PRÉSENTÉ ?
BREF ! LYA, JE SAIS PAS CE QUE TU ME CACHES...
... MAIS JE LE DÉCOUVRIRAI !

LE LENDEMAIN...

MORALTET TE SAUVE LA MISE !
MAIS VOYONS UN PEU CE QU'IL Y A SUR TOI SUR LES RÉSEAUX SOCIAUX !
ON DIRAIT QUE CE N'EST PAS LA BONNE !
Lya Berton
Journal
À propos
Photos
ESSAYONS AUTRE CHOSE !
BINGO ! LYA ÉTAIT BIEN CHEZ ANTOINE BERTON !
Antoine Berton
SI C'EST SA SOEUR, IL DOIT L'AVOIR COMME AMIE..
Antoine Berton
Journal
À propos
Amis
VOUS CONNAISSEZ ANTOINE ?
Pour voir ce qu'il partage avec ses amis, envoyez-lui une invitation.
ZUT ! IL EST PAS EN PUBLIC... J'VAIS PAS LUI ENVOYER UNE INVIT QUAND MÊME ?
ATTENDS QUE JE RELISE CE QU'ELLE A MIS DANS SON DOSSIER !
ADÈLE ! QU'EST-CE QUE TU FAIS ? ARRÊTE DE RÊVER !
HEIN ? OUI, JE REGARDE JUSTE UN TRUC !
CE N'EST PAS POSSIBLE DE RIEN TROUVER SUR ELLE ! À MOINS QUE...
J'AI UNE IDÉE !
JE REVIENS !

EXCUSE-MOI DE TE DÉRANGER...
PAS DE PROBLÈME !
JE T'AI DIT QU'IL NE S'ÉTAIT RIEN PASSÉ !
HA HA ! NON JE VOULAIS TA CNI.
MA CNI ?
ET TON RIB ! C'EST POUR COMPLÉTER TON DOSSIER !
MAIS LE STAGE N'EST PAS RÉMUNÉRÉ ! JE NE COMPRENDS PAS !
C'EST PAS POSSIBLE, ELLE SE DOUTE DE QUELQUE CHOSE...
JE SAIS PAS ! JE FAIS JUSTE CE QU'ON ME DEMANDE ! ÇA DOIT ÊTRE POUR LES REPAS !
Y A UN SOUCI AVEC LES TICKETS RESTAURANT...
ZUT ! JE CROIS QUE JE NE L'AI PAS !
NON NI RIB. NI CNI !
C'EST PAS GRAVE. LAISSE TOMBER !
NON. RAMÈNE ÇA DEMAIN.
Y A PAS DE RAISON !
CE SERAIT DOMMAGE DE PAS TE FAIRE REMBOURSER TES REPAS !

AU FAIT ! ENCORE MERCI, LYA !
PAS UN MOT À DE VILLEGAN !
PROMIS, JE DIRAI RIEN !
MANQUAIT PLUS QUE LUI POUR EN REMETTRE UNE COUCHE !
AH ? TU AS RETROUVÉ SES CLÉS ?
OUI, ELLES ÉTAIENT TOMBÉES SUR LE PALIER...
COUP DE CHANCE QUE TU LES AIES VUES !
ALLEZ, PENSE À TA CNI !
TU PEUX FERMER LA PORTE S'IL TE PLAÎT ?
C'EST PAS POSSIBLE ! C'EST PAS POSSIBLE !
ELLE M'A GRILLÉE ! C'EST SÛR !
ALLÔ, ANTOINE ? JE CROIS QU'ELLE SAIT...
QU'EST-CE QUE JE FAIS ? C'EST MORT !
ELLE NE SAIT RIEN, ALORS ARRÊTE UN PEU DE FLIPPER !
TU FAIS RIEN DU TOUT. TU TE CALMES...

LYA, TU VIENS MANGER ?
NON MERCI ! J'AI TROP DE TRAVAIL !
ALLEZ, VIENS !
IL FAUT QUE TU ME RACONTES...
JE T'AI DÉJÀ DIT QU'IL N'Y AVAIT RIEN À RACONTER !
AH ! LYA ! VOICI LES DERNIÈRES PIÈCES DU DOSSIER GALERA.
MAÎTRE, DITES-LUI DE FAIRE UNE PAUSE !
ADÈLE A RAISON, IL EST L'HEURE DE DÉJEUNER !
TU T'OCCUPERAS DE ÇA TOUT À L'HEURE !
D'ACCORD.
JE T'ATTENDS DANS LE HALL !
ALORS ?!
PIZZA
TU LÂCHES JAMAIS L'AFFAIRE !
PIZZA

NON ! JE SUIS DU GENRE TÊTUE !
SURTOUT QUAND IL Y A DES CHOSES QUI M'INTERPELLENT...
QU'EST-CE QUE TU RACONTES ?
J'AI L'IMPRESSION QUE TU T'ES BIEN FOUTUE DE MA GUEULE AVEC TON RÉPARATEUR !
ARRÊTE DE TE FAIRE DES FILMS !
NON, JE NE CROIS PAS QUE JE ME FASSE DES FILMS !
T'ES JALOUSE ? TU VEUX SON NUMÉRO ?
NON. VOILÀ CE QUE JE PENSE : JE SAIS PAS CE QUE TU MANIGANCES... MAIS IL Y A UN TRUC PAS NET !
JE CROIS QUE TU CONNAIS TRÈS BIEN LE RÉPARATEUR ET QU'IL N'ÉTAIT PAS LÀ PAR HASARD... SURTOUT AUX ARCHIVES...
JE ME TROMPE ?
TU FERAIS MIEUX DE ME PARLER...
OU TU PRÉFÈRES QUE J'EN TOUCHE DEUX MOTS À MORALTET ?
D'ACCORD, D'ACCORD !

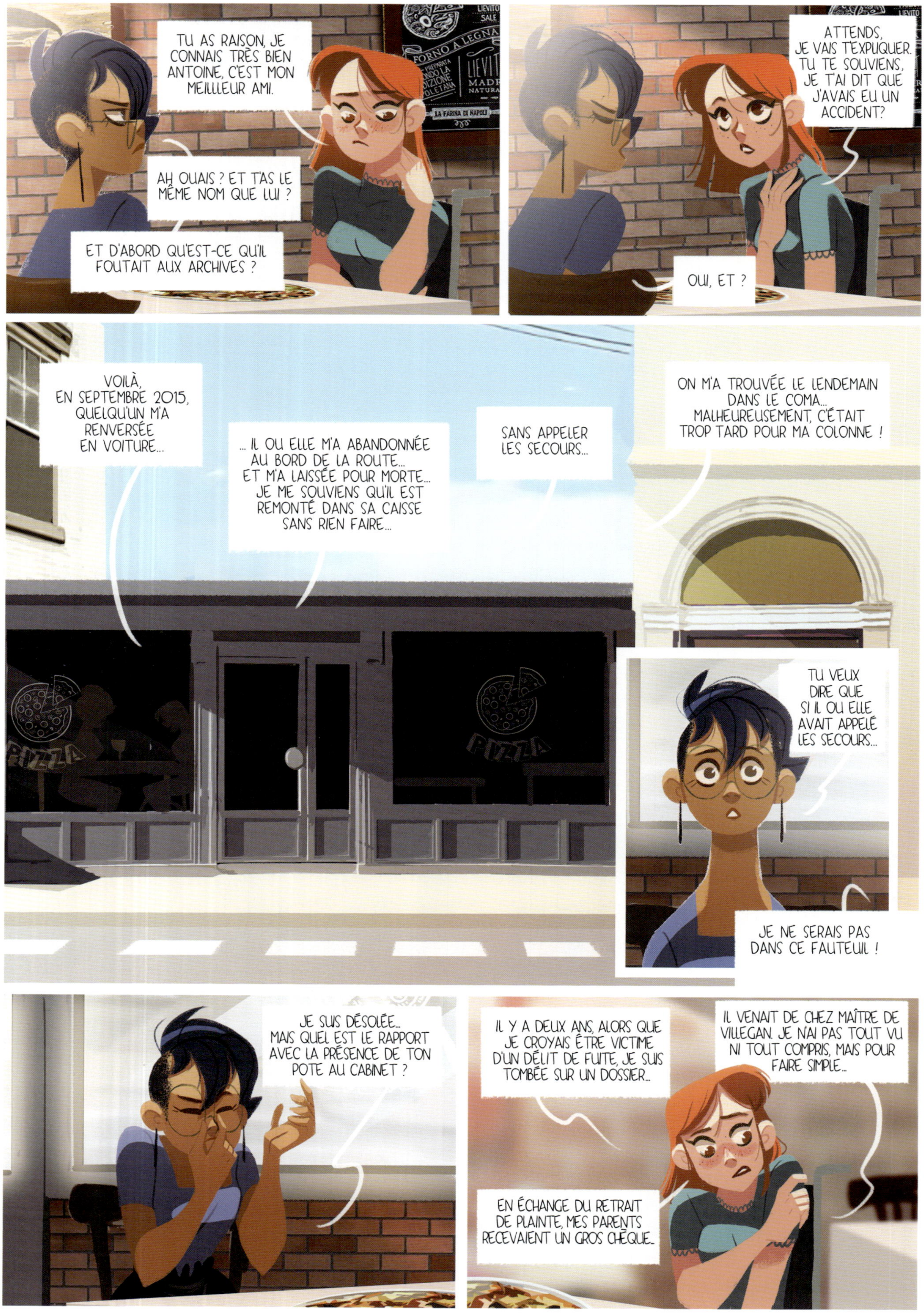
TU AS RAISON, JE CONNAIS TRÈS BIEN ANTOINE, C'EST MON MEILLEUR AMI.
AH OUAIS ? ET T'AS LE MÊME NOM QUE LUI ?
ET D'ABORD QU'EST-CE QU'IL FOUTAIT AUX ARCHIVES ?
ATTENDS, JE VAIS T'EXPLIQUER. TU TE SOUVIENS, JE T'AI DIT QUE J'AVAIS EU UN ACCIDENT?
OUI, ET ?
VOILÀ, EN SEPTEMBRE 2015, QUELQU'UN M'A RENVERSÉE EN VOITURE...
... IL OU ELLE M'A ABANDONNÉE AU BORD DE LA ROUTE... ET M'A LAISSÉE POUR MORTE... JE ME SOUVIENS QU'IL EST REMONTÉ DANS SA CAISSE SANS RIEN FAIRE...
SANS APPELER LES SECOURS...
ON M'A TROUVÉE LE LENDEMAIN DANS LE COMA... MALHEUREUSEMENT, C'ÉTAIT TROP TARD POUR MA COLONNE !
TU VEUX DIRE QUE SI IL OU ELLE AVAIT APPELÉ LES SECOURS...
JE NE SERAIS PAS DANS CE FAUTEUIL !
JE SUIS DÉSOLÉE... MAIS QUEL EST LE RAPPORT AVEC LA PRÉSENCE DE TON POTE AU CABINET ?
IL Y A DEUX ANS, ALORS QUE JE CROYAIS ÊTRE VICTIME D'UN DÉLIT DE FUITE, JE SUIS TOMBÉE SUR UN DOSSIER...
IL VENAIT DE CHEZ MAÎTRE DE VILLEGAN. JE N'AI PAS TOUT VU NI TOUT COMPRIS, MAIS POUR FAIRE SIMPLE...
EN ÉCHANGE DU RETRAIT DE PLAINTE, MES PARENTS RECEVAIENT UN GROS CHÈQUE...

DE VILLEGAN SAIT QUI T'A RENVERSÉE ?
OUI. ET JE VOUDRAIS SAVOIR QUI IL COUVRE.
SÛREMENT UN DE SES GROS CLIENTS !
C'EST ÇA ! UN PLEIN DE FRIC QUI CROIT QU'IL PEUT ACHETER LES GENS !
COMME JE N'AI QU'UN NUMÉRO DE DOSSIER, J'AI PIQUÉ LES CLÉS DE CLÉMENT, BIDOUILLÉ LA CLIM...
ET ANTOINE EST ALLÉ LE CHERCHER AUX ARCHIVES.
MAIS J'AI PAS TOUT SUIVI : T'AS PARLÉ D'UN DOSSIER TOUT À L'HEURE !
C'EST JUSTE LA RÉFÉRENCE. EN FAIT, MES PARENTS N'AVAIENT QU'UN COURRIER DE DE VILLEGAN...
ET TU PENSES QU'AU CABINET IL Y A TOUT LE DOSSIER ?
OBLIGÉ, VU LE MONTANT DU VIREMENT, IL DOIT Y AVOIR UNE TRACE QUELQUE PART...
DE TOUTE FAÇON J'L'AIME PAS, DE VILLEGAN !
TOUS SES CLIENTS SONT DES POURRIS !
ALORS, EN FAIT, TON HISTOIRE NE M'ÉTONNE MÊME PAS !
TU AS DÛ EN VOIR PASSER, DES GENS, AU BUREAU ?
OUI. EN DEUX ANS, J'AI VU TOUT LE GRATIN DE LA VILLE DANS SON CABINET !
TOUT EST MAGOUILLES, MAFIA, POGNON ET COMPAGNIE...
ET TOUT LE MONDE S'EN SORT TOUJOURS LES MAINS PROPRES...
...GRÂCE À MAÎTRE DE VILLEGAN !
EN L'OCCURRENCE, J'AI RIEN CONTRE LUI...
JE VEUX JUSTE LE NOM DE L'ENFOIRÉ QUI M'A FAIT ÇA...

OUI, JE COMPRENDS. SI C'ÉTAIT ARRIVÉ À MON FRÈRE, J'AURAIS VOULU SAVOIR AUSSI !
ET DU COUP, TES PARENTS ONT RETIRÉ LEUR PLAINTE ?
OUI, MAIS SI J'AI BIEN COMPRIS CE QUE M'A DIT L'ENQUÊTEUR...
ON A PAYÉ LE SILENCE DE TES PARENTS ?
J'CROIS SURTOUT QU'IL OU ELLE VOULAIT QU'ON NE REMONTE JAMAIS JUSQU'À LUI !
MAIS IL NE ME CONNAÎT PAS !
PARCE QUE J'SUIS SÛRE QUE SON NOM EST DANS CE PUTAIN DE DOSSIER !
ENFIN VOILÀ, TU SAIS TOUT ! MAINTENANT, À TOI DE VOIR SI TU VEUX TOUT BALANCER...
QUELLE DÉTERMINATION ! JE T'ADMIRE !
ENFIN, EN TOUT CAS, SACHE...
QUE JE NE DIRAI RIEN À MAÎTRE MORALTET...
...ET SI TU AS BESOIN DE MOI...
S'IL Y A QUELQUE CHOSE À DÉCOUVRIR AU CABINET, TU PEUX COMPTER SUR MOI !
MERCI, ADÈLE ! ON CHERCHE LE DOSSIER 2015/78 DV... SI TU AS UNE IDÉE...
C'EST NOTÉ !

DES IDÉES, J'EN AI TOUJOURS EN STOCK !
RAPPELLE-MOI LE NUMÉRO DE TON DOSSIER ?
QU'EST-CE QUE TU VAS FAIRE ?
JE VAIS FARFOUILLER !
ON Y VA ? QUE JE PROFITE QUE CE SOIT CALME POUR FOUINER.
MERCI, ADÈLE !
ET MERCI DE GARDER MON SECRET...
DE RIEN ! TU ME REMERCIERAS QUAND ON AURA MIS LA MAIN DESSUS !
PIZZA
DU COUP, C'EST MOI QUI T'INVITE !
DE TOUTE FAÇON, JE VAIS ÊTRE REMBOURSÉE ?!
EUH, COMMENT TE DIRE...
T'INQUIÈTE, T'ES PAS PRÊTE D'AVOIR MA CNI ! JE NE M'APPELLE PAS BERTON...
MAIS SILYANE ANDREI !
JE LE SAVAIS DÉJÀ !
MAIS TOUT LE MONDE T'APPELLE LYA ?

LE SOIR VENU...

ADÈLE EST RETOURNÉE VOIR AUX ARCHIVES, MAIS EN EFFET LE DOSSIER N'Y EST PAS.
J'AIME QUAND ON ME FAIT CONFIANCE.
MAIS ELLE A DIT QU'ELLE AVAIT UNE AUTRE IDÉE !
ELLE M'EN PARLE DEMAIN !
TU CROIS QU'ON PEUT LUI FAIRE CONFIANCE ?
J'ESPÈRE...
POURQUOI ELLE T'AIDERAIT ?
PARCE QUE JE LUI FAIS PITIÉ !
ARRÊTE DE DIRE DES CONNERIES !
ET ARRÊTE DE T'INQUIÉTER, ON VA LE TROUVER !
MERCI, ANTOINE ! T'ES UN AMOUR. TU LE SAIS, ÇA ?
OUI, JE SAIS !
JE VAIS M'ALLONGER. J'SUIS MORTE !

ALLEZ, MA PUCE ! T'ES UNE BATTANTE !
LYA !
ALORS DOCTEUR ? DITES-MOI QUE TOUT VA BIEN !
BONJOUR LYA. JE SUIS LE DOCTEUR MALKOV...
JE VAIS VOUS EXTUBER À MON SIGNAL EXPIREZ BIEN FORT !

VOUS VOUS SOUVENEZ DE CE QUI S'EST PASSÉ ?
NON...
JE DOIS VOUS EXPLIQUER CE QUI VOUS ARRIVE...
VOUS AVEZ ÉTÉ RENVERSÉE PAR UNE VOITURE ET MALHEUREUSEMENT...
VOUS AVEZ EU LA COLONNE VERTÉBRALE TOUCHÉE !
NOUS VOUS AVONS OPÉRÉE AUSSI VITE QUE POSSIBLE, MAIS...
IL Y A PLUSIEURS FRACTURES...
JE SUIS NAVRÉ DE VOUS ANNONCER QUE VOUS ÊTES...
PARAPLÉGIQUE !
?!?
MAMAN ?! J'Y ARRIVE PAS...
MAMAN ?! AIDE-MOI !!
MAMAAAAAAAAAN !!!!

À L'AIDE !
NOOON !

AU... SECOURS !!!!
À... L'AIDE !!
LYA ! DOUCEMENT !
LYA ! CHUT... CALME-TOI ! C'EST MOI, ANTOINE ! C'EST FINI !
TU SAIS TRÈS BIEN QUE ÇA NE FINIRA JAMAIS !
MAIS J'SUIS LÀ ET JE VEILLE SUR TOI !
MOUI !

LE LENDEMAIN...

AU TRAVAIL !
DRIING !
OUI, MAÎTRE ?
TRÈS BIEN. JE M'OCCUPE DE VOTRE COMMANDE IMMÉDIATEMENT.
BONJOUR, INSTALLEZ-VOUS EN SALLE D'ATTENTE.
JE DOIS ALLER VÉRIFIER LA RÉSERVATION DU TRAITEUR POUR LA SOIRÉE CARITATIVE.
TU GÈRES ?
BIEN SÛR !
MERCI, MURIEL, DE ME LAISSER LE CHAMP LIBRE !
ALORS, QUE DIT L'AGENDA DE Me DE VILLEGAN EN SEPTEMBRE 2015...
PERSONNE À L'HORIZON ! PARFAIT !
CLIC !
septembre
2015
VOILÀ SEPTEMBRE !
mar 01
mer 02
jeu 03
ven 04
sam 05
dim 06
lun 07

ALORS DE VILLEGAN A REÇU LES BERTIN LE 21 SEPTEMBRE...
ET Mme DELMONS LE 25 !
C'EST DONC UN RENDEZ-VOUS SECRET !
OU À L'IMPROVISTE !
FAUT TROUVER AUTRE CHOSE !
DRIING !
J'AI EU PEUR !
OUI, MAÎTRE MORALTET ?
OUI, Mme JUPIN EST ARRIVÉE, JE L'ACCOMPAGNE.
BIEN SÛR ! JE VÉRIFIE QUE LES VIREMENTS ONT BIEN ÉTÉ FAITS.
YES !
JE SUIS BÊTE ! L'ARGENT A DÛ TRANSITER PAR LE CABINET !
Mme JUPIN, VOUS ME SUIVEZ, MAÎTRE MORALTET VA VOUS RECEVOIR !
ON VA TRÈS VITE SAVOIR QUI A PAYÉ LES PARENTS DE LYA !
PAR ICI !

DÉJÀ LÀ ?
OUI, J'AI OUBLIÉ LE DEVIS ! QUAND ON N'A PAS DE TÊTE...
AU FAIT ! J'ME SOUVIENS PLUS DE MON CODE POUR RENTRER DANS COMPTAPRO...
LE MIEN, C'EST 19B24DVA.
MERCI, MURIEL !
ALLEZ, J'Y RETOURNE. À TOUT À L'HEURE !
N'OUBLIE PAS DE TE DÉCONNECTER !
VITE ! JE REGARDE POUR MAÎTRE MORALTET !
OUI OUI !
MAINTENANT POUR LYA...
C'EST OÙ BORDEL ?
ALLEZ ALLEZ...
AH ENFIN...
ÇA PEUT ÊTRE QUE ÇA...
Connecté
Déconnecter
État
Propriétés

LYA, J'AI TROUVÉ UN TRUC !
T'ASSURE !
MAIS ÇA NE DIT RIEN...
PLB NÉCO ?
CE SONT EUX QUI AURAIENT PAYÉ MES PARENTS ?
C'EST LE SEUL VIREMENT QUE J'AI TROUVÉ QUI CORRESPONDAIT PRESQUE À LA SOMME...
COMMENT ÇA PRESQUE ?
TU TE DOUTES BIEN QUE DE VILLEGAN S'EST SUCRÉ AU PASSAGE...
OK. ALORS, QU'EST-CE QU'ON TROUVE SUR PLB NÉGO ?
RIEN ! NADA !
ESSAYE PLB NÉGOCIATIONS ?
PAS MIEUX.
DONC RETOUR CASE DÉPART...
BREF, FAUT METTRE LA MAIN SUR LE DOSSIER !
MÊME S'IL EST CHEZ DE VILLEGAN !
MAIS T'AS DIT QUE...
T'INQUIÈTE, ON VA TROUVER UN PLAN POUR ACCÉDER À L'ANTRE DU GRAND MANITOU.
PROMIS, ON VA METTRE LA MAIN SUR TON DOSSIER !

QUELQUES JOURS PLUS TARD...

AU FAIT, TU AS ESSAYÉ LE PETIT CHINOIS EN BAS DU BOULEVARD ?
NON, JE NE SUIS PAS FAN DES RESTOS ASIATIQUES...
ALORS, QU'EST-IL ARRIVÉ À KATE ET À WILLIAM ?
DES TRUCS CROUSTILLANTS ? NON, PAS AVEC LA PRINCESSE !
PAR CONTRE LADY MAGDA SORT AVEC LE BEAU GEORGE ! PRIS EN FLAG À ST-TROP !
JE LEUR LAISSE LEUR VIE...
GROUIK
ÇA VA, MURIEL ?
QU'EST-CE QUI SE PASSE ?
J'AI MAL AU VENTRE D'UN COUP.
ÇA URGE !
À NOUS DE JOUER !
JE RESTE LÀ POUR SURVEILLER !
LA VOIE EST LIBRE !

ALORS OÙ EST
CE DOSSIER ?
PAS LÀ !
NI LÀ !
C'EST PAS POSSIBLE !

EST-CE QUE J'AI REGARDÉ PARTOUT ?
ET MERDE !
DRIING
DRING
CABINET DV ASSOCIÉS QUE PUIS-JE POUR VOUS ?
OUF, ELLE ASSURE !
MOI, JE CONTINUE DE CHERCHER AVANT QUE QUELQU'UN N'ARRIVE !
JE SUIS SÛRE D'AVOIR DÉJÀ VU UN TRUC OUVERT PAR ICI !
COMMENT ÇA S'OUVRE ?
SÉSAME, OUVRE-TOI ?
AMEN !
POURVU QU'IL SOIT LÀ-DEDANS !

ÇA AURAIT ÉTÉ TROP FACILE !
BREF, VOYONS VOIR PAR LÀ !
J'SUIS SÛRE QU'IL Y A PLEIN DE SECRETS ICI !
MAIS PAS LE TEMPS DE TOUT REGARDER ! DOMMAGE...
2015/78 Dv CONFIDENTIEL
ATTENDS UN PEU...
BINGO ! J'Y CROIS PAS !
OUI OUI, C'EST CELUI-LÀ !!
VITE VITE VITE...
ASSEZ DE CES AUDIENCES REPORTÉES SANS QU'ON NOUS PRÉVIENNE ! JE VAIS ÉCRIRE AU BÂTONNIER !
OH NON NON NON ! POURVU QUE CE SOIT PAS...
... DE VILLEGAN ! JE SUIS MORTE !

MAÎTRE, VOUS N'ÊTES PAS EN AUDIENCE ?
D'APRÈS VOUS ?
FAUT QUE JE TROUVE QUELQUE CHOSE !
OUPS, EXCUSEZ-MOI !
VRAIMENT DÉSOLÉE !
ATTENDEZ...
AAAAH !
QU'EST-CE QU'IL NE FAUT PAS FAIRE...
LYA ? LYA ? ÇA VA ?
ENFIN, TU VOIS BIEN QU'ELLE NE VA PAS BIEN ! POUSSE-TOI !

IL FAUT L'ALLONGER LE TEMPS QU'ELLE REPRENNE SES ESPRITS.
DANS LA SALLE D'ATTENTE !
POURQUOI N'Y A-T-IL PERSONNE À L'ACCUEIL ?
ADÈLE ? MURIEL ?
NI VUE, NI CONNUE !
AH, VOUS VOILÀ ! ET OÙ EST MURIEL ?
OH MON DIEU ! QUE S'EST-IL PASSÉ ?
RIEN DE MÉCHANT, MAIS QUE QUELQU'UN APPORTE DE L'EAU !
OUI, J'Y VAIS !
ET VOUS, À VOTRE POSTE !
MAIS, MAÎTRE, J'ÉTAIS AUX TOILETTES !

JE VOUS LA CONFIE.
OUI, BIEN SÛR !
LYA ? LYA ? ÇA VA ?
ELLE OUVRE LES YEUX... ÇA VA !
TIENS LYA, BOIS UN PEU !
NON, JE VAIS BIEN.
TU VEUX QUE J'APPELLE LES SECOURS ?
T'ES SÛRE, LYA ?
OUI, OUI ! ADÈLE, TU PEUX M'AMENER MON FAUTEUIL ?
C'ÉTAIT JUSTE UN PETIT MALAISE EN CHUTANT !
ADÈLE, TU PEUX M'AIDER ?
EXCUSEZ-MOI D'AVOIR ÉTÉ SI PRESSÉ !
NON, C'EST DE MA FAUTE.
BON ? ÇA Y EST, TOUT LE MONDE PEUT SE REMETTRE AU TRAVAIL ?
OUI, MAÎTRE !
TU AS ASSURÉ, TU M'AS SAUVÉE !
MAIS MOI AUSSI J'AI ASSURÉ !

TU L'AS TROUVÉ ?
YEP ! IL ÉTAIT BIEN CACHÉ !
IL EST OÙ ? VITE MONTRE !
TU SAIS PAS OÙ IL EST !
C'EST MOI QUI L'AI !
ADÈLE, DONNE !
OUI, DÉSOLÉE. TIENS !
TU CROIS QU'IL Y A LE NOM DE MON CHAUFFARD DEDANS ?
JE NE SAIS PAS... TU VEUX QUE JE T'AIDE ?
PARCE QU'IL FAUDRAIT PAS TROP TRAÎNER, IL FAUDRA QUE J'AILLE LE REMETTRE LÀ OÙ JE L'AI TROUVÉ... AU PLUS VITE !
MERCI ADÈLE ! JE VAIS Y ARRIVER...
LA VÉRITÉ EST LÀ !
2015/78 Dv
CONFIDENTIEL